Yfig

Meurtre pluriel

Comédie satyrique

1

<u>**Personnages :**</u>

<u>Maurice Delarue</u>: galeriste de renommée internationale – jeune mais obèse avec des manières pas très élégantes. Il a un gros cigare qu'il n'allume pas pour faire des économies.

<u>Janine Delarue</u>: la sœur de Maurice. Femme discrète, toujours prête à rendre service mais dégoutée par son frère qui ne pense qu'à tirer parti de tout le monde. Elle est habillée très sobrement d'une robe grise à fleurs grises avec une ceinture grise, des cheveux gris et des chaussures grises sur des bas gris.

<u>Cindy Cartwright</u> : L'inspectrice chef – grosse bonne femme moche et stupide. (genre Josianne Balasko mais en beaucoup plus jeune ! sa fille, peut-être ? ou Valérie Mairesse)

<u>Sean Lewis</u> : Le médecin légiste – homme sans scrupule, hâbleur et grossier.

Pete Standford : artiste raté et aigri qui critique tout et n'importe quoi … tenue vestimentaire décontractée, genre artiste m'as-tu-vu avec ma belle écharpe, mon chapeau qui pendouille et mes lunettes de soleil la nuit ? Pantalon de velours côtelé, veste assortie et usée et pompes crades.

Jonnathan Abigail : professeur d'histoire de l'art – artiste propre sur lui

Johnny Vastmullar : éducateur (grand frère) dans les cites – un beur qui fait des spectacles de rap de slam et de tout un tas d'autres trucs et qui tag volontiers les murs des bourgeois qui n'ont plus qu'à repeindre ….

Rolanda Del Canto : une chanteuse, danseuse, artiste peintre, modèle – en conflit de cœur entre Johnny et Jonnathan.

Rosalynn Carpenter : Une cliente aisée qui a déjà acheté à prix d'or des croûtes chez Maurice et adore se faire baratiner …. Manteau en peau de vison synthétiques (en plein été) bagouses en toc grosses comme des noix, collier en simili diamant et sac en poils de raton laveur. Évidemment elle est peinturlurée avec application et elle pue la cocotte à bon marché.

<u>Premier couple de visiteurs (Lui et Elle)</u>

<u>Un policeman :</u> en costume de bobby (anglais)

<u>Maître Zinédine Badiane</u> : avocat de Jonnathan Abigail

ACTE I

Scène I

Nous sommes au mois de juillet dans la galerie 'Maurice Maurice' où se déroule une exposition - vernissage. La salle (le magasin) est vide de monde. Musique douce d'ambiance. Lumière feutrée avec des spots sur les tableaux.

Une simple table sur tréteaux avec une nappe en papier blanche supporte des petits fours fatigués, une bouteille de soda et une bouteille de mousseux de mauvaise qualité avec des gobelets en plastique.

Des tableaux abstraits et figuratifs sont cimaisés sur des châssis amovibles, quelques statues sur des présentoirs ...

Un couple de visiteurs vient à passer ..

Lui : Dis donc, y'a pas grand monde !

Elle : Y'a une ambiance à tirer au couteau !

Lui : Remarque …. C'est franchement pas terrible !

Elle : J'aime assez celui-là ! *(elle lit l'étiquette au bas du tableau)* bateau échoué sur la vase dans le port de Honfleur avant 1990. C'est où Honfleur ? et … Que s'est-il passé en 90 ?

Lui : C'est juste un bateau, il n'y a pas âme qui vive dans ce tableau …. Comme dans cette galerie, d'ailleurs !

Elle : Oui, mais les couleurs sont apaisantes et je préfère un bateau échoué qu'en pleine tempête, je n'ai pas le pied marin.

Lui : C'est tellement apaisant que ça donne envie de dormir !

Elle : Tu ne serais pas un peu de mauvaise foi ?

Lui : Viens ! Partons d'ici c'est trop morose.

(Ils partent)

Le galeriste (Maurice Maurice) entre sur scène. Il va à la table, ne semble pas satisfait et hèle sa sœur (Janine Maurice).

Maurice : Janine ! ? …….   Janine ! ?

Janine : *(de loin)* Oui, qu'y a-t-il Maurice ?

Maurice : Quand je t'appelle, tu peux venir, je te paie assez cher !

Janine : *(se rapprochant)* Oui, sans oublier ma prime

Maurice : Ta prime ! Quelle prime ? Je ne t'ai jamais proposé de prime !

Janine : *(arrive sur scène)* Ma prime, cher frère, c'est ton merveilleux sens de l'humour.

Maurice : Oh ! ben ça, je t'en donne autant que tu veux, ça ne coûte rien !

Janine : Pourquoi m'as-tu fait venir, je rangeais les affiches.

Maurice : Tu as vu cette table ?

Janine : Qu'est-ce qu'elle a 'cette' table ?

Maurice : Il y a beaucoup trop de petits fours.

Janine : Tu veux dire … par apport aux visiteurs ?

Maurice : Ne fais pas la sotte, tu m'as très bien compris. Je n'aime pas perdre et quand c'est déballé, on ne peut pas le retourner au traiteur pour se faire rembourser.

Janine : *(après un court silence)* Ton traiteur c'est Albert.

Maurice : Et alors ?

Janine : Albert ne rembourse pas, Albert ne fait pas crédit, Albert exige d'être payé avant de livrer, Albert ne fait jamais de remise ni de ristourne, Albert …

Maurice : Ça suffit ! Albert est un ami, je le fais travailler parce que c'est un très bon ami.

Janine : Oui ! et aussi parce qu'il te vend des marchandises périmées à bas prix pour tes vernissages …. Je peux retourner ranger les affiches ?

Maurice : Non, je préfère que tu restes là pour surveiller la table, il ne faudrait pas que des profiteurs se servent sans compter.

Janine : Tu vois bien qu'il n'y a personne, tu vas me payer pour rien.

Maurice : Là, ça ne compte pas, tu restes juste au cas où … tu ne fais rien, tu n'es pas payée.

Janine : Je te préviens, Maurice, je ne suis pas Albert …. si tu me traites comme ça … je m'en vais ! (*elle boude, lui tourne le dos*)
Un silence … Maurice tourne en rond, les mains dans le dos …. Il est embêté mais ne veux rien lâcher …

Maurice : Tu vas rester là et je te paie la moitié.

Janine : La moitié de cinq dollars de l'heure,
ça ne fait pas lerche !

Maurice : C'est bien payé pour ne rien faire.

Janine : Et si des visiteurs arrivent et que je
dois les servir ?

Maurice : Il sera toujours temps d'en parler.

Janine : Non, c'est hors de question, tu essaies
de m'avoir, mais ça ne marche pas … et puis
arrête de tergiverser, ça fait une demi-heure
que nous discutons pour rien et que tu me
paies à discutailler … je ferais mieux de
retourner ranger les affiches, au moins, tu me
paieras pour quelque chose !
(elle s'en va)

Maurice : *(attend qu'elle ait disparu et fait un
bras d'honneur en sa direction – au même
moment, une invitée arrive et voit la scène)*
Tiens ! Comme ça que je vais te payer !
*(il aperçoit la cliente potentielle et se trouve
tout marri !)*

Maurice : *(d'une voix mielleuse, obséquieuse)*
Excusez-moi … un fournisseur indélicat qui
prétend me faire payer pour un travail qu'il
n'a pas fait.

Rosalynn : Nous savons bien ce que c'est …
ces gens qui voudraient être payer à ne rien
faire et qui boivent des bières toute la journée
en regardant la télé !

Maurice : *(d'une voix toujours aussi
mielleuse, obséquieuse)* Merci d'être venue
chère madame, je crois que nous nous
connaissons ….. ?

Rosalynn : Je vous ai acheté le « beast of
blood » l'an dernier …
*(Comme Maurice ne semble pas trop se
souvenir, elle croit bon de lui préciser)* Vous
savez, ce tableau abstrait à quatre mille dollars
sur lequel vous m'avez fait une remise de dix
dollars …

Maurice : *(d'une voix mielleuse, obséquieuse)*
Ah mais oui, je vous remets, vous savez,

normalement je ne fais jamais de remise …
mais vous m'avez vraiment tapé dans l'œil, je
vous trouve si charmante, si élégante …

Rosalynn :   *(rougit et se cache à moitié le
visage)* Vous êtes un véritable Dom Juan ….
Si vous saviez comme j'aime qu'on me flatte
…

Maurice : *(en aparté)* Tant que ça ne coûte
rien !

Rosalynn : Pardon ?

Maurice : *(d'une voix mielleuse, obséquieuse)*
Non, rien, je cherchais mes mots.

Rosalynn :   Ah ! Mais je vois qu'il y a un
buffet …. Vous avez fait des folies, cette
année !

Maurice : *(d'une voix plus du tout mielleuse ni
obséquieuse, mais plutôt agressive)* Désolé,
mais le buffet est réservé aux acheteurs
……*(redevenant obséquieux)* vous voyez
quelque chose qui vous plaît ?

Rosalynn : Peut-être que si …. Je buvais quelque chose …..

Maurice : *(prend la bouteille de mousseux et le tire-bouchon dans ses mains)* Vous êtes à deux doigts du bonheur ….

Rosalynn : Deux doigts ….. Mais j'en veux plus …. Bien plus *(elle minaude)*
Ce tableau, il est à combien ? *(elle montre un abstrait particulièrement moche et petit).*

Maurice : *(repose la bouteille et le tire-bouchon et, avec un air très professionnel, docte)* Ce tableau, cher petite madame, est un Scienssky de 1956, le musée du New-York Carbage voulait me l'acheter pour 5 000 dollars alors qu'il en vaut 7 000 … je n'ai pas cédé, avec ces œuvres, ce n'est plus une question d'argent, vous comprenez, il s'agit d'une œuvre majeur qui inspira Rubens et Le Caravage !

Rosalynn : *(visiblement impressionnée)* Ouhaaa ! Je comprends que vous y teniez …

et puis 7 000 dollars, c'est une somme … que je n'ai pas.

Vous n'auriez pas quelque chose de moins cher, de plus à la portée de ma modeste bourse ?

Maurice : *(se frotte ostensiblement les mains)* Et combien y'a-t-il dans votre jolie bourse ?

Rosalynn : Pas grand-chose …. Vraiment pas grand-chose.

Maurice : J'ai bien ce joli bateau, d'un grand peintre français inconnu 'Yfig'. Vous savez, Honfleur, en France, est le berceau de l'impressionnisme.

Rosalynn : *(En aparté)* Cet homme serait capable de vendre des nuages au ciel !

Maurice : Comment ?

Rosalynn : Non, rien ! Je me disais comme ça que ça doit encore valoir une montagne !

Maurice : *(Content de son bon mot)* C'est un bateau, chère madame, un bateau … et il vaut 3 000 dollars, ça devrait rentrer dans vos moyens je pense.

Rosalynn :   Oh la la ! c'est la crise, vous savez !

Des visiteurs font leur apparition. Ils sont au nombre de 4 : Pete Standford , Jonnathan Abigail, Johnny Vastmullar, Rolanda Del Canto

Maurice : Je vous laisse réfléchir chère madame, car voici de nouveaux clients … ils pourraient bien vous souffler cette affaire !

Rosalynn : OK ! Je le prends !

Maurice : Parfait, je vous le mets de côté, préparez votre chèque … *(il se dirige vers les nouveaux arrivants la plantant là !)*

Rosalynn (malheureuse, plaintive) :   Et mon champagne ? .....

Fin scène I de Acte I

Acte I

Scène II

Maurice plante Rosalynn et se dirige vers le groupe qui vient d'entrer dans sa galerie. Il fait semblant de regarder les tableaux comme un visiteur parmi les autres mais en fait il écoute ce que disent les nouveaux venus.

Pete Standford (*artiste rate*) : Putain c'que c'est nazebrok !

Johnny Vastmullar (*beur tagueur*) : Tu l'as dit bouffi, c'est à dégueuler !

Jonnathan Abigail (prof histoire de l'art) : Disons plutôt que ça pue le bourgeois.

Johnny Vastmullar : Et si je les taguais ?

Rolanda Del Canto (*danseuse chanteuse*) : Arrête tes conneries, le proprio serait capable d'en faire une crise de nerfs !

Pete Standford : Ouah ! regarde ce rafiot, pourrait même pas tenir la mer … ni le père non plus !

(Ils se marrent bruyamment)

Johnny Vastmullar : Oh merde ! Y'a un buffet, c'est ça la bonne nouvelle !

(Ils se dirigent vers le buffet Maurice se met au travers de leur route)

Maurice : Pardon messieurs dames, mais ce buffet est réservé aux clients … Je me présente : Maurice, je suis le propriétaire de cette galerie, je peux voir vos cartons d'invitation ?

Rolanda Del Canto *(danseuse chanteuse)* : Vous voulez rire ! on va pas acheter vos merdes !

Jonnathan Abigail *(sort sa carte de visite, prend un air de grand maître et toise Maurice)* : Jonnathan Abigail professeur d'histoire de l'art au Giant-Art Institute.

Maurice (*prend la carte du bout des doigts et ne s'en laisse pas raconter*) : Le Giant-Art Institute dites-vous …. C'est quoi ce truc ?

Jonnathan Abigail *(Moins sûr de lui mais parle quand même avec une certaine affectation)* : Vous ne connaissez pas le Giant-Art Institute, mais d'où sortez-vous ?

Johnny Vastmullar : Y sort du bain, tu sens pas comme ça cocotte ici !

Maurice : Pour l'odeur, faut voir avec madame *(il désigne Rosalynn qui tourne autour du buffet sans oser se servir elle est bientôt rejointe par Pete et Rolanda qui ont contourné Maurice en douce. Pete se saisit de la bouteille de mousseux (et du tire-bouchon) et l'ouvre ... elle ne pète même pas et Rolanda offre une assiette de petits fours à Rosalynn)*

Jonnathan Abigail : Le Giant-Art Institute est, comme son nom l'indique, la plus grande école d'art de cette ville. Personne dans le monde de l'art ne peut ignorer notre école !

Johnny Vastmullar : Poils aux roubignoles !

Pendant le dialogue, les autres se baladent dans l'expo, disparaissent, apparaissent ....

Jonnathan Abigail: (ignorant la remarque de Johnny) Le Giant-Art Institute est la référence internationale pour tout ce qui concerne l'art, qu'il soit contemporain, abstrait, figuratif, sculptural, pointilliste, installatoire, subliminal …

Maurice : 'Installatoire' …. C'est quoi ? Des plombiers, des installateurs de cuisines aménagées ?

Jonnathan Abigail : Je vois que monsieur a l'âme badine ! Sachez que l'art installatoire concerne les « installations » !

Maurice : Sors de ce corps monsieur de La Palice !

Jonnathan Abigail *(surpris)* : Quoi ! ?

Maurice : C'est une blague Vaudou ! Vous n'avez pas répondu à ma question !

Jonnathan Abigail : Vous pourriez vous inscrire à mes cours, ça ne vous ferait pas de mal ! La culture, ce n'est pas la société de Léonard de Vinci, mais celle des artistes vivants.

Maurice : C'est combien votre chiffre d'affaires ?

Jonnathan Abigail : Je suis salarié, je n'ai rien à vendre …

Maurice : Je ne vous le fais pas dire ….. vous n'avez rien à vendre ! Moi, je fais un million de dollar officiel et deux millions de plus non déclarés !

Jonnathan Abigail : Vous vous prétendez professionnel de l'art et tout ce qui vous intéresse c'est le paquet de dollars que vous vous faites. Pas étonnant que vous présentiez ces croûtes !

Maurice (*pas content*) : Que reprochez-vous à ces tableaux monsieur le professeur ?

Jonnathan Abigail : Ils sont d'un autre temps, ils ne représentent pas notre époque, notre philosophie, nos mœurs, nos politiques ….

Maurice : Vous confondez suivre la mode et offrir un art de vivre !

Jonnathan Abigail : Vous confrontez votre esprit étriqué et l'influence incontestable que l'art contemporain imprime à notre société !

Maurice : Vous voulez parler de l'influence du bidet sur les dames pipi des gares de voyageurs égarés !

Jonnathan Abigail : Tous les arts ont choqué les moeurs des bourgeois réacs mais ont toujours fini par faire évoluer les civilisations.

Maurice : L'exception pour une fois ne confirme pas la règle et vos étrons contemporains n'ont d'influence que sur les chiottes de votre snobisme.

Jonnathan Abigail : Je vous offre le PQ.

Maurice : Je ne vous retiens pas, allez installer vos bidules d'handicapés intellectuels ailleurs.

(Au même moment, Rolanda recrache bruyamment le petit four qu'elle avait mis dans sa bouche)

Rolanda Del Canto (*danseuse chanteuse*) : Mais c'est quoi cette merde, ça a le goût de chiotte !

(Pete recrache avec moult grimaces et bruits incongrus le mousseux qu'il avait mis dans sa bouche … un peu après, Rosalynn recrache discrètement dans une serviette en papier qui a dû déjà servir)

Pete Standford : Pouah ! C'est du vitriol, on cherche à empoisonner le peuple, c'est pas possible !!!

Rolanda Del Canto (*danseuse chanteuse*) : Il est là depuis la dernière guerre ce buffet, il a traversé la mer à pieds !

Maurice : Ça ne va pas, non, je vous ai dit que ce buffet est strictement réservé à la clientèle !

Rolanda Del Canto (*danseuse chanteuse*) : Ta clientèle tu vas la perdre parce que tu vas la tuer avec ces saloperies !

Rosalynn (passe en vitesse devant Maurice et lui jette en passant) : Excusez-moi mais je viens de me souvenir d'un rendez-vous ….

Maurice : Et votre chèque ?

Rosalynn: Passez-le par pertes et profits ! *(elle disparaît)*

Maurice : Alors ! vous êtes contents ! ? Vous faites fuir mes clients, vous allez me le payer, je la garde votre carte *(il agite la carte de Jonnathan devant son nez)* monsieur … *(il lit la carte)* … Jonnathan Abigail, et je vais vous envoyer mon avocat, vous venez de me faire perdre une affaire à 6 000 dollars !

Jonnathan Abigail *(a perdu toute affectation, il devient limite vulgaire)* : Vous rigolez, il n'y a absolument rien ici qui peut valoir plus de 50 dollars !

Rolanda Del Canto : Allez les gars, on s'casse la rigolade a assez duré !

Ils disparaissent non sans foutre des coups d'pieds un peu partout ...

Maurice : Mais qu'est-ce que j'ai fait au seigneur pour qu'il m'en veuille à ce point ! ? *(il gueule à l'intention des 4 perturbateurs)* Bande de ploucs, caillera, bachibouzouks …. *(il s'interrompt car les 4 perturbateurs reviennent sur leurs pas)*

Rolanda Del Canto : Qu'est-ce qu'il a dit ce vieux machin ?

Jonnathan Abigail *(menaçant)* : Nous ! ? Des « bachibouzouks » ! Il peut répéter ça le bouffon ! ?

Johnny Vastmullar : On va t'en faire bouffer, nous, du « bachibouzouk », avec tes gâteaux pourris !

Pete Standford *(sort un énorme couteau de son dos)* : Les « bachibouzouks » vont te faire la peau vieille carne !!!

Maurice (*complètement terrorisé*) : Non pitié, je regrette, je vous offre le champagne ….

La lumière s'éteint brutalement, la scène et la salle de théâtre sont dans le noir total ... une musique stressante monte crescendo ... bruit de bouteille cassée ... Un cri d'effroi gifle la nuit, se transforme en cri de douleur pour finir dans un râle !!!!!

Fin scène II de l'Acte I

Acte I

scène III

Un corps (Rosalynn) git inerte sur la table où tout est sans dessus-dessous, la bouteille de mousseux cassée est par terre. Maurice est accroupi sous la table, sa sœur, Janine, arrive et les quatre visiteurs sont à l'autre bout de la scène, Pete Standford a toujours son couteau à la main, il a été arrêté dans son élan par la panne de courant ... ils s'apprêtent à faire demi tour mais un policier (costume anglais) leur barre le passage.

Janine : Mais que se passe-t-il ici ? *(elle aperçoit son frère sous la table)* Maurice ! ? Que fais-tu sous cette table et pourquoi cette personne est-elle allongée dessus ?

Maurice *(sort de sous la table)* : Je n'en sais rien, je me suis jeté sous la table quand l'autre, là-bas avec son grand couteau m'a menacé de me trucider !

Janine *(s'approche de la table et pousse un cri)* : Il y a du sang partout !!!

Maurice *(s'approche à son tour)* : Mon dieu, est-ce qu'elle est morte ?

Le policier : Que personne ne bouge et que tout le monde reste à sa place, l'inspecteur chef arrive !

Le policier : Vous ! Ne bougez pas, restez tel que vous êtes. Vous, là *(il montre Janine)*, retournez d'où vous êtes venue et vous *(montre Maurice)*, retournez sous la table et ne bougez plus.

Ils restent ainsi sans bouger (environ 30 secondes) jusqu'à ce que Cindy Cartwright arrive ...

Rolanda Del Canto : Je commence à avoir des fourmis dans les jambes !

Pete Standford *(au flic)* : Vous voyez bien qu'il n'y a pas de sang sur mon couteau ni sur mes vêtements …

Bruit de sirène de voiture de police .... Qui approche puis s'éteint.

Le policier : Vous direz ça à l'inspecteur chef ….. *Cindy Cartwright arrive et montre sa carte très ostensiblement au policier (une très grosse plaque avec un insigne énorme et très brillant) ...*

Cindy Cartwright : Inspectrice chef Cartwright, où est le corps ?

Le policier : Là, sur la table !

Cindy Cartwright : Veillez à ce que personne ne bouge. *(elle se dirige vers la table et se penche sur le corps)*

Le policier : Oui chef.

Le médecin légiste, Sean Lewis fait son entrée à la suite de l'inspectrice, il passe de l'autre côté de la table (dos au public) .

Cindy Cartwright : Est-ce qu'elle est morte ?

Sean Lewis : Je procède à l'examen du corps, je vous donne mon diagnostique dès que j'en ai un.

L'inspectrice regarde autour d'elle et se dirige vers Pete ...

Cindy Cartwright : C'est avec ce couteau là que vous l'avez tuée ?

Pete Standford : Vous voyez bien qu'il n'y a pas de sang sur mon couteau ... ni sur mes mains, d'ailleurs.

Cindy Cartwright : Alors que faites-vous avec ce couteau dans les mains quand un meurtre vient d'être commis ?

Pete Standford : Je voulais faire une blague au vieux croûton qui tient cette galerie et qui nous a traités de 'bachibouzouk'.

Cindy Cartwright : 'Bachibouzouk' Il n'y va pas de main morte … et il est où ce terroriste ?

Le policier : Sous la table, chef.

Cindy Cartwright *(se dirige vers la table)* : C'est vous qui traitez les gens honnêtes de 'Bachibouzouk'

Maurice *(sort la tête de sous la table)* : Je peux sortir, maintenant ?

Cindy Cartwright : Sortez ! Que faisiez-vous sous cette table monsieur le terroriste ?

Maurice *(sort de sous la table)* : Je cherchais à me protéger de celui qui a un couteau et qui m'a menacé de me faire la peau.

Cindy Cartwright : Et pourquoi il voulait vous faire la peau ?

Maurice : Ben ….. Je crois que c'est parce que je l'ai traité de 'bachibouzouk'.

Cindy Cartwright : Il était en légitime défense, donc !

Sean Lewis : Il est mort.

Cindy Cartwright : Comment ça « Il » ?

Sean Lewis : A cause de ce qu'il a au bas du ventre …. Entre les cuisses.

Cindy Cartwright : Que voulez-vous dire doc ?

Sean Lewis : M'enfin ! Vous ne comprenez pas ?

Cindy Cartwright : Je suis inspectrice chef, pas devin !

Sean Lewis : Il a une bite et des couilles, c'est donc un homme, ou un transsexuel s'il était attiré par les autres hommes !

Cindy Cartwright : Vous voyez, quand vous voulez, vous savez être clair ! ...... *elle réfléchit* ..... et elle .... Euh ... <u>il</u> est mort de quoi ?

Sean Lewis : Il a reçu plusieurs coups de couteau !

Cindy Cartwright : Et il les a reçus où ces coups de couteau ? *(en aparté :* faut lui tirer les vers du nez à ce légiste !)

Sean Lewis : Deux à la gorge, un dans la poitrine et trois dans le dos.

Cindy Cartwright : Et c'est donc ça la cause de la mort !

Sean Lewis : Je n'ai jamais dit ça ..... il faut que je pratique une autopsie.

Cindy Cartwright : Et vous attendez quoi ?

Sean Lewis : Vous voulez que je fasse ça ici ?

Cindy Cartwright : Vous voulez le faire où ?

Sean Lewis : Vous blaguez, n'est-ce pas ! ?

Le policier : Il y a aussi une femme qui a découvert le corps tout à l'heure, mais je lui ai dit de retourner d'où elle venait en vous attendant.

Cindy Cartwright : Vous serez tenu pour responsable si elle a disparu !

Le policier : Mais … chef ….

Cindy Cartwright : Allez la chercher …. Et vous, l'homme au couteau, venez là que je vous interroge …

Pete Standford *(S'approche ...le couteau toujours à la main)* : Qu'est-ce qu'elle me veut ?

Cindy Cartwright : Donnez-moi ça … *(elle prend le couteau sans autres précautions - sans prendre de gants si vous préférez)* on va voir si on trouve vos empruntes dessus ? Où étiez-vous au moment du meurtre ?

Pete Standford : Exactement là où vous m'avez trouvé en arrivant !

Cindy Cartwright : Pourquoi avez-vous tué cette fem … homme ?

Pete Standford : Regardez, je n'ai pas de sang, même pas sur les mains !

Cindy Cartwright : Vous avez pu les laver.

Pete Standford : Vous êtes sûre que vous êtes flic ?

Cindy Cartwright : Attention à ce que vous dites, assassinat aggravé d'insultes à la force de l'ordre ça va vous coûter cher !

Le policier revient avec Janine.

Le policier : Elle était dans l'arrière boutique, chef.

Cindy Cartwright : Je m'en occupe, emmenez cet individu *(Pete)* au poste de police. *(Elle s'approche de Janine qui reste le plus à l'écart possible de la table ... rejoignant ainsi son frère Maurice)* Où étiez-vous au moment du crime ?

Janine : J'étais dans l'arrière boutique, je triais les affiches quand la lumière s'est éteinte.

Cindy Cartwright : Ah ! Parce que la lumière s'est éteinte ?

Maurice : Oui, juste quand je me suis précipité sous la table, avant cet horrible cri ... de ...

Cindy Cartwright : Vous parlerez quand je vous interrogerai ... *(à Janine)* Pourquoi avez-vous tué le mort ?

Janine : J'étais dans l'arrière boutique, je n'ai tué personne !

Cindy Cartwright : Vous avez profité de la panne de lumière pour venir tuer l'homme qui est là !

Janine : Ce n'est pas une femme ?

Cindy Cartwright : Vous l'avez tué parce que vous avez cru que c'était une femme ….. *(elle réfléchit)* … vous avez cru que c'était la maîtresse de votre mari et vous l'avez tué par jalousie !

Janine : Mon mari ?

Cindy Cartwright *(en montrant Maurice)* : Lui

Janine et   C'est mon frère !
Maurice (ensemble) :   C'est ma sœur !

Cindy Cartwright : Ne jouez pas au plus cons avec moi, vous allez perdre ! *(elle sort un calepin de sa poche sur son sein … à Maurice)* Nom, prénom, âge, profession, domicile ?

Maurice : Maurice Delarue, Galeriste de renommée internationale.

Un silence

Cindy Cartwright *(prenant des notes)* : Et la suite ?

Maurice : La suite de quoi ?

Cindy Cartwright *(énervée)* : L'âge, le domicile ?

Maurice *(penaud)* : trente cinq ans et … je vis ici, au-dessus, avec ma sœur.

Cindy Cartwright *(suspicieuse)* : Vous vivez ensemble ?

Maurice *(agressif)* : Y'a une loi contre ça ! ?

Le policier revient et se place à l'entrée/sortie de la galerie.

Sean Lewis : Inspectrice ! Je peux emporter le corps à la morgue ? ... *(elle a l'air dépassée par la question, il croit bon de préciser)* ... Pour l'autopsie

.

Cindy Cartwright : Inspectrice **chef** !   …
L'autopsie ….. Ah oui …. Allez 'y !

Le policier amène une civière sur roulettes et aide le médecin légiste à emmener le corps

Rolanda Del Canto : Dites ! ? On va rester là longtemps ? On n'a rien à voir avec tout ça, nous !

Cindy Cartwright *(autoritaire)* : Vous parlerez quand on vous questionnera.

Jonnathan Abigail : Avant noël j'espère … parce qu'on nous a un peu oubliés dans not'coin !

Cindy Cartwright *(autoritaire)* : Si ça vous plaît pas, je vous fais conduire au poste !

Un silence

Cindy Cartwright : Où en étions-nous ? *(elle lit son calepin … à Janine)* Ah Oui !, à vous maintenant …   Nom, prénom, âge, profession, domicile ?

Janine : Janine Maurice, je suis la soeur de Maurice et je vis aussi ici, au dessus …

Cindy Cartwright *(prenant des notes)* : Et c'est tout ?

Janine : Euh ! ….

Cindy Cartwright : Âge … et profession ?

Janine : trente deux ans, assistante comptable.

Cindy Cartwright *(prenant des notes)* : Ah ! nous y voilà !!!

Un silence

Cindy Cartwright *(prenant des notes)* : C'est un crime financier !

Un silence pesant ... Le policier revient et se place à l'entrée/sortie de la galerie.

Cindy Cartwright *(prenant des notes)* : Bon ! Passons, où étiez-vous au moment du crime ?

Janine : J'étais dans l'arrière boutique, comme je vous l'ai dit !

Cindy Cartwright *(prenant des notes)* : Ne faites pas la maligne, à présent, je prends des notes ! …. Pourquoi avez-vous tué cet homme ?

Janine : Mais je n'ai tué personne, j'étais dans l'arrière boutique, comme je vous l'ai dit !

Cindy Cartwright *(passablement énervée)* : On va le savoir que vous étiez dans l'arrière boutique …. Décidément, cette histoire n'est pas claire du tout ! Bon ! Restez là, ne bougez pas, je vais interroger les autres … (*elle se dirige vers les trois autres qui semblent très impatients que tout cela se termine … elle leur montre très ostensiblement sa carte de police … à Rolanda Del Canto)* Nom, prénom, âge, profession, domicile ?

Maurice et Janine vont aller chercher deux chaises et s'asseoir un peu à l'écart.

Rolanda Del Canto : Rolanda Del Canto vingt cinq ans, chanteuse, danseuse, artiste peintre, modèle …. domiciliée …. Euh …

Jonnathan Abigail : Mademoiselle vit avec moi.

Johnny Vastmullar : QUOI ! ?

Jonnathan fait signe à Johnny de se taire.

Cindy Cartwright : On veut faire les malins à ce que je vois ! VOUS *(désignant Johnny Vastmullar)* Nom, prénom, âge, profession, domicile ?

Johnny Vastmullar : Johnny Vastmullar , trente ans, éducateur domicilié à la cite des anges.

Cindy Cartwright : Où étiez-vous au moment du crime ?

Johnny Vastmullar : J'ai pas bougé d'là !

Cindy Cartwright : Pour quel motif avez-vous tué le mort ?

Johnny Vastmullar : Et avec quoi je l'aurais tué ?

Cindy Cartwright : Moi je pose les questions …. Vous, vous répondez ! Je répète, pourquoi l'avez-vous tué ?

Johnny Vastmullar : Je pouvais pas le tuer !

Cindy Cartwright : Opposition à la force et à l'ordre … agent ! Mettez-moi ce client au frais au poste.

Johnny Vastmullar : *(Le policier vient chercher Johnny qui râle …)* Mais ça va pas, elle est complètement barge cette meuf !!!

Cindy Cartwright : Si vous ajoutez l'insulte à l'opposition, vous finirez vos jours en prison ! … A nous deux … VOUS *(désignant Jonnathan Abigail)* Nom, prénom, âge, profession, domicile ?

Jonnathan Abigail : Jonnathan Abigail Trente deux ans, professeur d'histoire de l'art au

Giant-Art Institute, artiste contemporain, domicilié à Saint-Eulalippe troisième étage gauche, au 2562.

Cindy Cartwright : Où étiez-vous au moment du crime ?

Jonnathan Abigail : Juste là où je suis maintenant.

Cindy Cartwright : Pourquoi avez-vous tué le mort ?

La nuit tombe brutalement sur la scène. Un silence ... une musique dramatique crescendo .... Un grand cri de terreur se poursuivant en cri de douleur et se finissant dans un râle.
Un corps (Rosalynn) git sur la table où tout est sans dessus-dessous, la bouteille de mousseux est toujours par terre. Maurice est à nouveau accroupi sous la table, sa sœur, Janine, est restée assise, elle tient ses mains devant ses yeux et tremble de tout son corps ...
Le médecin légiste entre précipitamment ....

Sean Lewis *(complètement paniqué, il crie)* :
On a volé le mort !

Cindy Cartwright *(complètement dépassée par les évènements)* : Mais c'est quoi ce bordel !!!

Sean Lewis *(complètement paniqué)* :
Madame l'inspectrice chef, on a volé le mort !

Le policier fait son apparition et vient se planter devant l'entrée / sortie.

Cindy Cartwright *:* Il est là, sur la table, votre mort, il ne veut plus la quitter sa table !

Jonnathan Abigail et Rolanda Del Canto profitent de la confusion pour se faire la malle ...

Le policier se précipite après les fuyards ...

Cindy Cartwright *:* Ne vous fatiguez pas, j'ai leur adresse.

Le policier revient se planter à sa place.

Sean Lewis *(complètement paniqué)* : Mais madame l'inspectrice chef, rendez-vous compte, on a volé le cadavre à la morgue et on l'a ramené ici !!!!

Cindy Cartwright *:* Qu'a donnée l'autopsie ?

Sean Lewis *(embêté)* : Mais madame l'inspectrice chef, je n'ai pas eu le temps de procéder à l'autopsie, on m'a volé le cadavre avant !

Cindy Cartwright *:* Bon, ça va, il est pas perdu votre 'ca- da- vre', il est là, sur la table, prenez-le, allez l'autopsier et ne le quittez surtout pas des yeux.

Sean Lewis *(embêté)* : Mais madame l'inspectrice chef, ça ne vous inquiète pas qu'on l'ai volé ?

Cindy Cartwright *:* Chaque chose en son temps, laissez-moi faire mon job et allez donc faire le votre !

(Le policier et le médecin légiste emmène le corps sur la civière à roulettes)
Et vous, là (à Maurice) sortez de dessous cette table …
(Maurice sort et va s'asseoir à côté de sa sœur qu'il tente vainement de consoler)
(Elle se tourne vers le public et lit ses notes sur son calepin)
Bon ! Où en sommes-nous ? Nous avons un cadavre, un meurtre, un vol de corps à la morgue, une femme qui est un homme qui a reçu des coups de couteau, un galeriste récalcitrant qui vit avec sa sœur, un coupable qui nie avec un couteau entre les mains et des témoins fuyards et pas très catholiques.
(Au public)
Je n'ai rien oublié ? ……..
(Puis elle va vers Maurice … en lisant son carnet de notes)
Je vais commencer par vous monsieur De …
La … monsieur Delarue car votre sœur ne m'a pas l'air bien en point !
(Maurice se lève, il tient toujours la main de sa sœur et a l'air assez malheureux …)
Vous allez tout me raconter depuis le début avant le crime et jusqu'à mon arrivée.

Que s'est-il passé ?

Maurice : Je dois dire quoi ?

Cindy Cartwright *:* Tout, absolument tout …. Depuis le début et sans oublier aucun détail.

Maurice : Eh bien tout à commencé en mars dernier quand j'ai décidé de monter cette exposition ….

Cindy Cartwright *:* Non, monsieur De lar … monsieur Maurice …. Depuis le début … avant le crime !

Maurice : Alors …. Euh … J'ai appelé ma sœur parce qu'elle avait mis trop de petits fours sur la table …… Elle m'a tenu tête …. Euh …. Je l'ai renvoyée et une cliente est arrivée, d'ailleurs après, c'était elle le mort … Mais avant, elle est repartie sans faire son chèque et des jeunes sont venus et ont foutu le bordel partout dans la galerie … Ceux que vous avez arrêtés et le grand, là, le petit merdeux, il voulait me tenir tête avec son art contemporain qui ne ressemble à rien et ils m'ont insulté et ils sont partis et je leur ai dit « bachibouzouks » alors ils sont revenus et le petit malpoli m'a dit qu'il allait me faire la peau et tout est tombé dans le noir juste au moment où je plongeais sous la table … et il y a eu un grand cri. Voilà !

Cindy Cartwright *:* Vous êtes sûr de n'avoir oublié aucun détail ?

Maurice : …. Euh … ben non !

Cindy Cartwright *:* Très bien ! Bon ! À nous mademoiselle *(elle lit sur son carnet)* … Delarue ….. Janine.
Vous vous sentez assez forte pour répondre à mes questions ?

Janine : Oui, ça va aller …. Mais vous savez, je ne sais rien !

Cindy Cartwright *:* Ça, c'est à moi de le dire … enfin … pas que je ne sais rien mais plutôt si VOUS ne savez rien …. Vous comprenez ?

Janine la regarde étonnée sans dire mot.

Cindy Cartwright *:* Oui, bon, passons … Alors, même question qu'à votre frère, racontez-moi tout depuis le début …

Janine : Ben …. Je triais les affiches dans l'arrière boutique …. Vous savez, c'est important de trier les affiches parce que les clients les regardent et après, ils les mettent n'importe comment …. *(Cindy lui fait signe de continuer)* … Et mon frère m'a appelée parce qu'il n'était pas content du buffet …. Il n'est jamais content … *(Elle regarde son frère qui n'a pas l'air d'apprécier la remarque)* … faut dire qu'il achète ses toasts à Albert et Albert, il récupère des vieux paquets périmés qu'il achète à …

Maurice : Tu ne vas tout de même pas ennuyer la police avec tes sales ragots ! ?

Cindy Cartwright *:* Laissez parler votre sœur monsieur …. Euh … Maurice …

Janine *(après un moment d'hésitation)* : Et après, mon frère voulait que je reste à surveiller la table sans me payer .... *(Elle regarde son frère qui n'a toujours pas l'air d'apprécier les remarques)*... Mais moi, j'ai décidé de me rendre utile et je suis retournée trier les affiches .... *(elle baisse la tête et reste silencieuse ..)*

Cindy Cartwright *(au bout d'un moment)* : Et alors ... ??

Janine : Ben ... c'est tout ... je suis seulement revenue quand la lumière est revenue, je suis restée dans le noir en attendant !

Cindy Cartwright *(se parlant à elle-même)* : On n'avance pas, il y en a forcément un qui ment ! *(évidemment, les autres font des têtes outrées !)*
Vous, Maurice, vous avez très bien pu tuer le mort avant de vous cacher sous la table et c'est votre sœur qui est allée cacher le couteau .... *(Elle s'arrête, semble réfléchir ... puis se frappe le front)* ... Mais c'est bien sûr !!! ... Si je trouve l'arme du crime je résous l'affaire .... Venez tous les deux avec moi,

nous allons fouiller l'arrière boutique … *(ils s'éclipsent)* …

Un silence ….

Petite musique sourde évoquant le complot ou le traquenard …
Une tête apparaît, celle du policier, il tient un paquet à la main, une espèce de gros chiffon plein de sang … il avance prudemment, courbé comme un fourbe et il va déposer le paquet sous la table, il l'accroche avec du scotch pour qu'on ne le voie pas ! (prévoir un système d'accroche pour faciliter la tâche).
Puis il repart à petits pas rapides et silencieux …
L'inspectrice, flanquée de Janine et de Maurice revient bredouille (forcément) … elle n'a pas l'air content du tout !

Cindy Cartwright *(se parlant à elle-même) :* Rien ! Pas le moindre couteau … *(s'adressant au frère et la sœur)* … Vous avez bien fouillé, au moins ?

Janine et Maurice ensemble : Oui, oui, inspectrice ! On a fouillé partout !

Cindy Cartwright *(se parlant à elle-même)* : Cette enquête commence à me bouillir le sang.
Quel métier !!!
Certes, c'est ma première enquête, mais si c'est toujours comme ça, ça promet de me faire tourner en bourrique !!!

La nuit tombe brutalement sur la scène du crime .... Un cri de fouine suivi d'un « aïe » pathétique et risible .....

La lumière revient, Janine et l'inspectrice n'ont pas bougé mais Maurice, évidemment, s'est précipité sous la table ... dans sa précipitation, il a fait tomber le paquet de chiffon sanglant que le policier avait accroché sous la table.

Cindy Cartwright *:* Vous revoilà sous la table !

Maurice *(il aperçoit le chiffon plein de sang tombé sur lui, il le pousse de côté et tente de le cacher à la vue des autres ... maladroitement)* : C'est plus fort que moi, quand la lumière s'éteint je cherche à me protéger …. Ça doit être une vieille réminiscence ?

Cindy Cartwright *:* Que cherchez-vous à cacher ?

Maurice *(il sort de sous la table les mains dans le dos)* : Mais rien !

Cindy Cartwright *:* Montrez-moi ça !

Maurice *(il est bien obligé de tendre à regret le chiffon ensanglanté)* : C'est tombé de la table quand je me suis caché.

Cindy Cartwright *:* AAAAAHHHH ! Je le savais, je le savais bien que vous aviez caché l'arme du crime, vous êtes démasqué !

Maurice *(larmoyant)* : Mais je n'y suis pour rien, je vous le jure !

Cindy Cartwright *(appelle)* : Policier … *(plus fort)* … policier …. Ah vous voilà ! Allez hop, conduisez-moi ce joli monde au commissariat !

Maurice *(larmoyant)* : Je n'ai rien fait, je vous le jure ! C'est une horrible méprise !

Fin scène III

Fin Acte I

Acte II

scène I

Changement de décor, nous sommes dans le commissariat.

La scène est divisée en trois :
- *Côté jardin (à droite) - Le bureau de l'inspectrice chef avec des photos de famille, des insignes américains, des affiches françaises, d'autres anglaises, belges ...*
- *Au lointain (centre en recul) la cellule de garde à vue*
- *et côté cour (à gauche) la salle des interrogatoires.*

Dans la geôle, Maurice et Janine, Pete Standford, Johnny Vastmullar.

Ça gueule fort dans la cellule, Pete et Johnny en ont marre d'être là sans motif réel et sérieux.

On jouera avec les lumières pour suivre les trois pièces au fur et à mesure des déplacements des comédiens.

Pete Standford *(gueule à la grille de la cellule)* : Quelqu'un peut m'expliquer ce que je fous là ?

Johnny Vastmullar *(gueule aussi)* : Et moi aussi j'aimerais qu'on m'explique !

Le policier *(passe face scène et annonce fanfaron comme on le fait pour un roi ou le président de l'Assemblée Nationale)* : Inspectrice chef Cindy Cartwright … et vous … la ferme !

Cindy Cartwright *(Elle passe face scène la tête haute visiblement très imbue de sa personne … elle crie aux deux brailleurs)* : Vous les excités, taisez-vous ou je vous fais bâillonner et menotter ! J'ai le droit de vous garder quarante huit heures, vous êtes suspects d'un meurtre … ou d'un crime … d'un assassinat …. Vous êtes dans de sales draps !

Johnny Vastmullar *(gueule)* : Vous vous expliquerez avec mon avocat.

Pete Standford *(surpris)* : T'as un avocat, toi ?

Johnny Vastmullar : Non, mais j'ai entendu ça dans les films.

Ils retournent s'asseoir. Le policier et l'inspectrice chef entrent dans le bureau d'icelle.

Cindy Cartwright *(au policier)* : Vous avez envoyé quelqu'un au 2562 Saint-Eulalippe ?

Le policier : J'ai envoyé les agents Crabs et Tree, l'adresse n'existe pas … alors j'ai fait surveiller les routes, les gares et les aéroports …
(émet un silence de suspens …)

Cindy Cartwright : Et alors ?

Le policier : On les a coincés à l'aéroport de Saint Catherine, ils avaient des billets pour Zinkwazy.

Cindy Cartwright : Zinkwazy ? C'est où, ça ?

Le policier : C'est une station balnéaire au bord de la mer du Boukistan.

Cindy Cartwright : Ah oui ! Et qu'allaient-ils faire là-bas ?

Le policier : On vous les amène, vous pourrez procéder vous-même à l'interrogatoire !

Cindy Cartwright *(se frotte les mains)* : Chouette ! Pour me mettre en forme, apportez-moi l'un des deux excités brailleurs … disons Johnny pour commencer … dans la salle d'interrogatoire.

Le policier va chercher Johnny pendant que Cindy se rend à la salle d'interrogatoire (porte donnant dans son bureau).

Johnny Vastmullar : *(Le policier vient chercher Johnny qui râle …)* Alors vous vous décidez à me relâcher, j'attends vos excuses. *(Quand il arrive dans la salle d'interrogatoire, il comprend et s'énerve ..)* Quoi ! ? vous allez encore me cuisiner, je suis pas une dinde, et pis j'ai rien à dire … *(le* *policier lui assène un coup de matraque sur le crâne, ça le rend plus docile ! le policier l'assied sur une chaise face à l'inspectrice et se poste en retrait)*

Cindy Cartwright *(se frotte les mains)* : Alors, monsieur … *(elle lit son calepin)* Vasmullar, Johnny Vastmullar, éducateur, qu'avez-vous à ma dire pour votre défense ?

Johnny Vastmullar *(se frotte le crâne …)* : Dites, c'est pas des manières, ça, on ne tape pas sur les braves gens sans motif, mon … *(le policier lui fout un coup de matraque sur a tête - il crie)* Aïe ! Mais ça va pas, non ! ? *(le policier lève sa matraque ..)* OK ! OK, ça va, arrêtez de me frapper, je vais vous dire tout ce que vous voulez !

Cindy Cartwright : Très bien, je répète : pourquoi avez-vous tuer le mort ?

Johnny Vastmullar : C'était ça votre … *(le policier sort sa matraque … l'inspectrice prend des notes)* OK ! Je n'ai pas tué cette personne, je n'avais aucun motif de la tuer ni arme et en plus, je suis resté à la même place pendant toute la panne d'électricité et j'ai vu le corps quand la lumière est revenue. Je ne vois rien de plus à déclarer.

Cindy Cartwright : Parfait ! Quel était votre motif de tuer le mort et avec quelle arme l'avez-vous tué ?

Johnny Vastmullar (*reste complètement éberlué ... le policier met la main sur sa matraque ...)* : Mais enfin, je ne peux tout de même pas vous dire des choses que je n'ai pas commises !

Cindy Cartwright : Je vais vous dire, moi, ce qui s'est passé, vous étiez amoureux de la victime qui repoussait vos avances, ce que vous avez mal pris alors vous vous êtes emparé du couteau de votre complice pendant qu'un autre complice fermait la lumière et vous avez sauvagement assassiné ce pauvre cadavre qui n'a pas mérité ça !

Johnny Vastmullar (*reste encore plus éberlué ...*) :   Excusez-moi, madame l'inspectrice chef, mais le mort, c'était un homme !

Cindy Cartwright :   Ça   change quoi ? Vous êtes homophobe ?

Johnny Vastmullar (*toujours aussi éberlué ...*) :   Euh …   non … mais je préfère les femmes et … je me souviens que c'est mon pote Pete qui tenait le couteau et il n'y avait pas de sang dessus.

Cindy Cartwright (*sort un gros cabas de sous la table, y plonge la main, fouille et ressort le chiffon sanglant qu'elle déballe sur la table … elle en sort le couteau de Pete plein de sang.*) : Et ça, c'est une bicyclette ?

Johnny Vastmullar (*n'a jamais été plus éberlué de toute sa vie ...*) : Mais …. Mais …. Je … il …….. c'est quoi c't'embrouille ?

Cindy Cartwright : Et le plus fort de tout, c'est qu'on a retrouvé vos empruntes sur le manche et la lame !

(Johnny Vastmullar tombe de sa chaise, tombe dans les pommes ! Le policier le traîne dans un coin)

Cindy Cartwright : Le pauvre, il est trop sensible …. Policier, allez me chercher l'autre, celui-là est hors jeu !

(Le policier va chercher Pete pendant que l'inspectrice range rapidement le couteau dans son chiffon dans son cabas puis prend des notes et lit ses notes … quand le policier arrive à la cellule, Pete commence à s'énerver à son tour …)

Pete Standford *(gueule pendant que le policier le fait sortir)* : Ah ! Elle est belle la police ! Au lieu de courir après les assassins elle s'attaque aux innocents … *(le policier lui fout un coup de matraque bien asséné …. L'autre titube …)* AÎE ! ça va pas, vous êtes complètement barge *(il s'en prend un autre coup et flagelle et se protège tant bien que mal la tête des coups …)* AÎE ! Vous n'avez pas le droit !

Le policier : Ferme-la et répond aux questions de l'inspectrice chef et tout se passera bien. Assieds-toi là !

Cindy Cartwright : Monsieur Pete Standford, je ne répèterai pas ma question : « Pourquoi avez-vous tué le mort ? » !

Pete Standford *(ne se méfie pas ...)* : J'ai tué personne espèce de poufiasse !

Le policier *(lui fout un grand coup d'matraque, l'autre défaille)* : Reste poli et répond aux questions de l'inspectrice chef ! Et surtout, reste poli !

Pete Standford *(se remet difficilement et se touche le crâne ...)* : Je porterai plainte …

Le policier : Quand tu veux, mon gars !

Cindy Cartwright : Parfait ! Quel était votre motif de tuer le mort et avec quelle arme l'avez-vous tué ?

Pete Standford : Mais vous savez bien que je n'ai tué personne.

Cindy Cartwright : Je vais vous dire, moi, ce qui s'est passé, vous deviez de l'argent à la victime qui vous faisait chanter parce qu'elle savait que vous n'aviez pas payé vos impôts et pour la faire taire, vous lui avez tendu un piège en la faisant venir dans ce traquenard de la fausse exposition et là, vous avez demandé à votre copain qui est là parterre d'éteindre la lumière pendant que vous l'avez tué avec votre couteau.

Pete Standford *(reste bouche bée .....)* :   ... *silence consterné !*

Cindy Cartwright : Qui ne dit mot consent !

Pete Standford *(essaie de respirer et de retrouver la parole .....)* :   Mais vous êtes malade ! d'où vous sortez ces trucs là ?

Cindy Cartwright : Je sors de la plus grande académie de police du pays ! la Cop Acad .... Bon ! Vous avouez ?

Pete Standford *(encore sous le choc .....)* : Rien, je n'avoue rien, je n'ai rien fait et votre histoire ne tient pas la route .... *(le policier lève sa matraque ... il fait le geste de se protéger de ses bras en croix)* ... c'est pas la matraque qui changera l'histoire ! Mon couteau n'avait pas de sang !

Cindy Cartwright *(sort un gros cabas de sous la table, y plonge la main, fouille et ressort le chiffon sanglant qu'elle déballe sur la table ... elle en sort le couteau de Pete plein de sang.)* : Et ça, c'est une choucroute ? .... C'est votre couteau monsieur Standford, vous m'entendez, **votre couteau** ... et vous allez rire .... On a retrouvé vos empruntes sur la lame et le manche !

Pete Standford *(effondré)* : C'est une machination, une mise en scène, vous avez fabriqué ces preuves de toutes pièces, c'est vous qui avez mis du sang sur mon couteau .... *(le policier lui assène un grand coup de matraque qui l'assomme ! Pete tombe à terre, le policier le range à côté de l'autre)*

Cindy Cartwright : Décidément, de vrais fillettes ces assassins !

Jonnathan Abigail et Rolanda Del Canto escorté par un agent sont mis dans la cellule de garde à vue par l'agent.

Fin scène I de l'Acte II

Acte II

Scène II

Johnny et Pete refont surface, l'inspectrice décide de les interroger à l'ancienne, c'est-à-dire sans préjuger de leur culpabilité ....

 Johnny Vastmullar *(encore sous le choc, se relève et s'assied .....)* : Oh ma tête, c'est comme une usine à gaz !

Pete Standford *(encore sous le choc, se frotte le crâne se relève péniblement...)* : Aïe aïe aïe mon crâne, j'ai un mal de chien ... vous n'auriez pas une chaise ?

Le policier va chercher une chaise. Pete s'assied.

Cindy Cartwright : J'ai décidé de vous accorder une seconde chance, vous allez me dire ce que vous avez vu, entendu, compris de la scène de crime et je comparerai vos témoignages. Vous Vastmullar, que pouvez-vous me dire de ce qui s'est passé à cette exposition ?

Johnny Vastmullar *(a du mal à parler au début ..)* : Comme je vous ai dit, on est revenu sur nos pas parce que le galeriste nous avait traité de bachibouzouk et il s'est enfui et la lumière s'est éteinte, un grand cri et quand la lumière est revenue, il y avait une morte sur la table.

Cindy Cartwright : C'est UN mort, mais passons ... dites-moi, êtes-vous certain de n'avoir vu personne entrer dans la galerie avant la panne d'électricité ?

Johnny Vastmullar : En réfléchissant bien, je crois bien que j'ai vu un homme .... Mais c'était peut être le mort ?

Cindy Cartwright : À quoi ressemblait-il ?

Johnny Vastmullar : Il était grand, c'était un homme de couleur et il portrait une capuche sur la tête et il avait un grand couteau à la main .... Je crois !

Cindy Cartwright *(au policier)* : Vous voyez, les suspects, il faut savoir les préparer pour qu'ils se mettent à table. Les attendrir comme on attendri le calamar, lui remettre les idées en place en lui massant le crâne …. Bon ! nous avançons … et vous, Standford, qu'avez-vous vu ?

Pete Standford : Ben …. Effectivement, quand j'y réfléchis, je crois bien avoir vu un homme, mais il était petit et chauve avec un passe-montagne et il tenait une seringue à la main, une grosse seringue !

Cindy Cartwright : Excellent, nous faisons du bon boulot …. Dites-moi, comment savez-vous qu'il était chauve s'il portait un passe-montagne ?

Pete Standford : Parce que je l'ai reconnu, chef.

Cindy Cartwright : Inspectrice chef.

Pete Standford : Pardon … Inspectrice chef !

Les deux compères vont entamer un dialogue face à face au nez et à la barbe de l'inspectrice qui finira par couper court.

Johnny Vastmullar : Il était grand africain avec un couteau à la main, pas une seringue !

Pete Standford : Petit, chauve avec un passe-montagne et une grande seringue !

Johnny Vastmullar : Quelle couleur le passe-montagne ?

Pete Standford : Marron avec des petites fleurs roses et un pompon sur le dessus …. Et toi, quelle taille le couteau ?

Johnny Vastmullar : Comme ça (il fait un geste des mains) et il était pas plus grand que toi mais sauf que toi t'es pas africain et t'as pas de passe-montagne !

Pete Standford : C'était toi, t'étais déguisé !

Johnny Vastmullar : Déguisé toi-même, on t'a bien reconnu !

Cindy Cartwright *(gueule)*: ça suffit, j'en ai assez entendu comme ça ! *(puis au policier)* Bon, policier, vous allez taper un rapport de tout ce qui a été dit, je sens que cette affaire sera bientôt élucidée.

Le policier : Pete a reconnu l'assassin inspectrice chef !

Cindy Cartwright *(au policier)* : Oui, c'est excellent, nous avons fait du bon boulot !

Le policier (*étonné*) : Vous ne lui demandez pas qui c'était ?

Cindy Cartwright *(au policier)* : Vous voyez bien qu'ils mentent tous les deux !

Le policier (*étonné*) : Pourquoi noter ce qu'ils disent dans ce cas là ?

Cindy Cartwright *(au policier)* : Ça fera un excellent motif d'inculpation pour injure à une officier de police dans l'exercice de ses fonctions.

Le policier (*étonné)* : Mais pour ça il faut prouver qu'ils mentent !

Cindy Cartwright *(au policier)* : Faites-moi confiance, policier, j'ai un sixième sens pour ce genre de crapuleries ! Et n'oubliez pas de leur faire signer leurs déclarations !

Le policier (*blasé)* : Dans ce cas ! …. Au fait, les deux fuyards n'attendent que d'être interrogés par vous inspectrice chef, ils sont dans la cellule.

Cindy Cartwright : Laissez-les mariner et ramener ces deux là en cellule.

Le policier (*étonné)* : Ne risquent-ils pas de communiquer entre eux ?

Cindy Cartwright : Pour ce qu'ils ont à dire …

Le policier ramène les deux amochés à la cellule. Ils conversent à voix basse …

Le policier : silence, il est interdit de communiquer !

Les autres : Pour ce qu'on a à dire !!!

Le policier s'éloigne ... il fait les quatre cents pas.

Johnny Vastmullar : En attendant, ils nous ont frappés sur le cigare à coup de matraque ! J'ai une de ces bosses !

Pete Standford : Je peux le confirmer !

Rolanda Del Canto : Savez-vous pourquoi ils nous ont fait venir ?

Pete Standford : Je suppose que c'est pour vous taper sur la tête !

Jonnathan Abigail : Que vous ont-ils dit ?

Johnny Vastmullar : Elle m'a raconté une histoire à dormir debout tout en me tapant sur la tête jusqu'à ce que je tombe dans les pommes !

Pete Standford : Exactement la même chose pour moi, une histoire de chantage pour les impôts et mon couteau plein de sang alors qu'avant d'être arrêté il était propre comme un sou neuf … je l'utilise pour couper mon fromage, pas pour tuer des …. Hommes déguisés en femme !

Jonnathan Abigail : Il faudra raconter tout ça au juge quand nous passerons en jugement, cette inspectrice n'a pas toute sa raison, elle accuse à tort et à travers sans respecter les droits de l'homme.

Rolanda Del Canto : Et de la femme !

Johnny Vastmullar *(à Rolanda)* : Et vous ! ?

Rolanda Del Canto : Nous quoi ?

Johnny Vastmullar *(à Rolanda)* : Tu m'as quittée pour lui !

Rolanda Del Canto : Je ne t'ai pas quitté, nous n'avons jamais été ensemble !

Johnny Vastmullar *(à Rolanda)* : Tu vivais avec moi, chez moi, et tu dormais avec moi !

Jonnathan Abigail : Et maintenant, elle est avec moi, c'est tout !

Johnny Vastmullar *(à Jonnathan)* : Et demain …. Elle sera avec qui ?

Rolanda Del Canto : Ça suffit tous les deux, je suis avec Jonnathan pour toujours ou tant qu'il voudra bien de moi, je ne t'ai jamais rien promis Johnny parce qu'avec toi je ne voyais aucun avenir pour nous deux alors qu'avec Jonnathan, c'est différent !

Johnny Vastmullar *(à Rolanda)* : Comme tu voudras, mais ne compte plus sur moi pour te consoler et te dépanner quand tu seras à la rue !

Maurice : Dites, vous croyez qu'elle va nous garder encore longtemps ? Je suis très inquiet pour ma galerie !

Jonnathan Abigail : Elle a le droit de nous garder quarante huit heures, mais elle n'a pas l'air très à cheval sur le règlement.

Le policier *(passe devant la cage ... très autoritaire)* : Taisez-vous, je ne veux plus entendre un mot ! Le premier qui parle va au mitard ... avec les rats et les cafards !

Janine *(tout bas)* : Oh non, pas les cafards !

Fin scène II de l'Acte II

Acte II

Scène III

Cindy Cartwright *(au policier)* : Allez me chercher le frère et la sœur et laissons les autres mariner un peu

Le policier va à la cellule et ramène le frère et la sœur.

Cindy Cartwright *(à Maurice)* : Alors Monsieur Delard, êtes vous plus coopératif ?

Maurice : Delarue … mon nom, c'est Maurice Delarue. Il éternue.

Cindy Cartwright *(à Maurice)* : À vos souhaits ! Vous avouez ?

Maurice : C'est une horrible méprise, je me suis cache plusieurs fois sous cette table et voila qu'un paquet ensanglanté me tombe dessus …. Mais pourquoi pas avant ?

Cindy Cartwright : Parce qu'avant vous ne l'y aviez pas encore caché ! Je vais vous raconter toute l'histoire, moi et vous n'aurez qu'à signer vos aveux !

(Maurice veut parler mais Cindy lui coupe la parole) TSSSSS laissez-moi vous raconter et ensuite vous parlerez si vous avez des choses à ajouter ! *(Maurice se renfrogne et ronge son frein)* Votre galerie n'est qu'une couverture pour votre activité frauduleuse *(Maurice essaie d'intervenir à plusieurs reprises mais Cindy lui fait signe de se taire et le policier le menace de sa matraque, lui en mettant même un petit coup !)* Vous êtes un trafiquent de drogue, c'est bien ça, n'est-ce pas ? Non, ne répondez pas, je devine tout, vous faites passer la drogue dans les caisses qui servent au transport des objets d'art qui, soit dit en passant ne ressemblent à rien et c'est pour ça que j'ai deviné que ce n'était qu'un couverture, une vraie galerie n'exposerait pas de telles merdes ! Votre revendeur était le mort que vous avez tué parce qu'il allait parlé, il avait décidé de se confesser à la police et vous l'avez liquidé à coups de couteaux pendant que votre sœur fermait la lumière.

Puis vous lui avez donné le couteau et c'est elle qui l'a enveloppé dans ce chiffon. Quand je vous ai demandé de chercher l'arme du crime, vous l'avez cachée sous la table … d'où elle est tombée !

Vous voyez, monsieur Delarue … Maurice, que j'ai tout deviné, votre cas est une affaire des plus classiques !

Policier, veuillez transcrire tout ce que je viens de dire et faire signer sa déclaration à monsieur Maurice et à sa complice, madame Delar… euh …

Le policier : Janine.

Maurice : Je peux parler ?   *(Cindy lui fait signe que oui !)* Rien de tout ça est vrai, je ne suis pas trafiquant mais un honnête commerçant, je ne connaissais pas la personne qui a été tuée même si elle … euh .. il m'a dit m'avoir acheté une toile l'année dernière … Je n'ai tué personne …. Personne !

Janine : Mon frère vous dit la vérité et ça ne s'est pas du tout passé tel que vous l'avez dit, nous sommes des gens honnêtes et innocents !

Cindy Cartwright : C'est votre dernier mot ?

Janine et Maurice : Oui madame l'inspectrice !

Cindy Cartwright : Chef ! inspectrice … chef ! … Policier, ramenez-les dans la cellule, le district attorney décidera de leur sort ! Et amenez-moi la danseuse fugueuse.

Le policier : Avec son compagnon ?

Cindy Cartwright : Non, je ne veux pas qu'ils s'entendent pour raconter la même histoire.

Le policier part avec Maurice et Janine et ramène Rolanda Del Canto.

Cindy Cartwright : Mademoiselle Rolanda, avez-vous conscience que votre fuite vous accuse, que c'est un aveu définitif de culpabilité ?

Rolanda Del Canto : Mais madame l'inspectrice, nous …

Cindy Cartwright : Chef ! … Inspectrice … Chef !

Rolanda Del Canto *(ingénue)* : Inspectrice Chef, nous ne nous enfuyions pas, nous partions en week-end pour Zinkwazy quand la police nous a arrêtés. Nous ne comprenons pas pourquoi ?

Cindy Cartwright : C'est pourtant simple ! Votre départ précipité, a signé votre fuite vous êtes donc coupables !

Rolanda Del Canto *(ingénue)* : Nous ne nous sommes pas enfuis, nous voulions juste pas rater l'avion !

Cindy Cartwright : À qui espérez-vous faire croire ça ?

Rolanda Del Canto *(ingénue)* : Il suffit de contrôler avec nos billets d'avion, nous étions en retard.

Cindy Cartwright : Bien essayer, mais je sais que vous avez attendu le dernier moment pour fuir afin de faire croire à un retard … mais vous avez fuis, j'en ai la preuve !

Rolanda Del Canto *(curieuse)* : La preuve ?

Cindy Cartwright : Oui, vous nous avez donné une fausse adresse !

Rolanda Del Canto *(curieuse)* : C'est parce que je ne connais pas mon adresse !

Cindy Cartwright : Tiens donc ! Expliquez-nous ça, je vous prie ?

Rolanda Del Canto *(curieuse)* : J'ai très récemment quitté un homme pour partir avec un autre dont je ne connais pas l'adresse …

Cindy Cartwright : Pour être plus précis, vous avez quitté la cité des anges pour Saint-Eulalippe, autrement dit le sieur Johnny Vastmuller pour le sieur Jonnathan Abigail …. C'est bien ça ?

Rolanda Del Canto *(penaude)* : Oui !

Cindy Cartwright : Vos grimaces lors de mon premier interrogatoire ne m'avaient pas échappées, vous ne savez pas à qui vous avez à faire …. Je suis le meilleur flic du pays ! LE problème, figurez-vous, c'est que monsieur Abigail nous a fourni une fausse adresse. Vous en dites quoi ?

Rolanda Del Canto *(penaude)* : Je n'en savais rien !

Cindy Cartwright : Et le motif du meurtre, vous le connaissez ?

Rolanda Del Canto *(penaude)* : Vraiment, je n'ai aucune idée de ce qui s'est passé, j'ai juste vu une coupure de courant suivie d'un corps sur la table, je ne peux même pas être sûre qu'il … euh … elle était morte, je ne m'en suis même pas approchée.

Cindy Cartwright : Vous êtes très habile, mademoiselle Del Canto, et vous jouez très bien la comédie, mais avec moi, ça ne prend

pas, non pas avec la meilleure flic du pays !
Le 'elle' était un 'il' !

Rolanda Del Canto *(penaude mais un peu affirmative)* : Je ne joue pas la comédie, et si je mélange les 'ils' et les 'elles' c'est juste la preuve que je suis sincère !
 Je dis la vérité

Cindy Cartwright (*explose de rires*) : AH ! AH ! AH ! La vérité, rien que ça ! mais savez-vous bien que je la connais, moi, la vérité et je vais vous la dire …
En fait, Johnny, votre ex, vous a trompé avec le mort, il était devenu homosexuel et ça vous a rendue folle de jalousie, vous vous êtes arrangée pour séduire Jonnathan afin d'en faire votre complice et le moment venu, il a fermé la lumière pendant que vous lardiez votre cible de coups de couteau. La voilà la vérité !

Rolanda Del Canto *(abasourdie)* : Mais ….
Je …. Mais non, c'est inventé, c'est une histoire de fous ! J'étais si heureuse de partir avec Jonnathan pour Zinkwazi …

Cindy Cartwright (*très irritée*) : Quoi ! ? Vous me traitez de folle, vous allez voir de quel bois je me chauffe, vous allez voir si je suis folle … J'envoie votre dossier au bourgmestre … il va s'occuper de votre cas ! *(elle crie, visiblement écorchée par les remarques de Rolanda)* Policier, reconduisez l'accusée en cellule et amenez-moi son complice !

Le policier s'exécute. Arrivée de Jonnathan dans le bureau de Cindy … Elle a la tête plongée dans ses dossiers et fait semblant de ne pas s'intéresser à lui …

Jonnathan Abigail *(tousse) :* Huff huff !

Cindy Cartwright (*sans lever la tête*) : Asseyez-vous, je suis à vous tout de suite. *(le policier se place derrière la chaise de Jonnathan)*

Jonnathan Abigail *(espiègle) :* À moi ?

Cindy Cartwright (*sans lever la tête*) : ne vous faites pas d'illusions. *(un moment se passe et elle finit par lever enfin la tête)* Vous êtes de loin le plus dangereux, monsieur Abigail ……. Tss Tss Tss … laissez-moi parler …. Vous êtes le chef de la bande, n'est-ce pas ! ? Vous avez organisé tout ça dans le but de vous faire un max de blé tout en vous débarrassant d'un concurrent gêneur et d'un complice devenu trop encombrant ! C'est vous qui avez tout manigancé et avez manipulé tous les autres pour qu'ils obéissent à vos ordres, à votre volonté. Dites-moi le contraire pour voir !

Jonnathan Abigail *(entre surprise, colère et fou rire) :* J'avoue *(tête ravie de Cindy)* que j'hésite entre les larmes et le rire ! *(un silence)* le rire dû au comique de la situation et pleurs dû au pathétique *(Cindy fait un signe de tête au policier qui fout un grand coup de matraque sur la tête de Jonnathan)* de la sit … *(Jonnathan s'enfonce sur son siège, la tête dans les épaules, les yeux grands ouverts de stupéfaction et de douleur et lance un grand)* AÏE ! ça va pas, vous êtes fous ! *(hop, le policier lui refout un coup sur le carafon ! Il crie et essaie de se lever mais le policier le rassied d'un geste ferme).*

Cindy Cartwright : Ce que j'attends de vous, monsieur Abigail, c'est du respect et de la coopération. Répondez à mes questions honnêtement et tout se passera bien. Je serai votre médecin malgré vous.
Jouez au fanfaron et vous finirez en petits morceaux ! Capice ?

Jonnathan Abigail *:* Ce que vous faites est illégal et vous en rendrez compte !

Cindy Cartwright : Des menaces monsieur Abigail, vous proférez des menaces à mon encontre …. Vous ne tenez donc pas plus que ça à la vie ? *(elle fait un signe de tête au policier qui fout un coup de matraque à Jonnathan).*

Jonnathan Abigail *:* Aïe !!! Arrêtez ça, on n'est plus au Moyen-âge !

Cindy Cartwright : Reprenons au départ … Vous décidez de vous approprier la Galerie de monsieur …. *(elle fait signe au policier)*

Le policier : Maurice.

Cindy Cartwright : C'est ça ! … Vous cherchiez depuis un certain temps un lieu d'exposition pour vos œuvres. La galerie de monsieur ..

Le policier : Maurice.

Cindy Cartwright : Oui, bon, appelons-le 'Maurice' … vous semblait tout à fait appropriée et vous avez décidé de commettre un meurtre parfait dont le galeriste et sa sœur seraient accusés en maquillant ce crime parfait grâce à la complicité de quelques uns de vos élèves que vous avez amené à agir à l'insu de leur propre gré. Johnny Vastmullar a apporté un couteau et Pete Standford un autre couteau en tout semblable à celui de Johnny…….
Vous me suivez ?

Jonnathan Abigail *(ne dit pas un mot .... Il semble indifférent aux conclusions de l'inspectrice chef)*

Cindy Cartwright : Votre nouvelle complice, Rolanda Del Canto que vous avez séduite afin qu'elle éteigne la lumière au bon moment tombe amoureuse de vous. Vous prenez des billets d'avion pour Zinkwazy où vous comptez bien vous débarrasser d'elle … la cliente, Rosalynn Carpenter qui est en fait un transexuel … mais ça, vous ne pouviez pas le savoir, va vous servir de victime parfaite. Dès qu'elle quitte la galerie, vous l'assassinez à l'aide du couteau apporté par Johnny Vastmullar, puis vous enveloppez le couteau dans un chiffon, pendant que Pete Standford menace Maurice avec l'autre couteau, puis vous demandez à Rolanda d'éteindre la lumière et vous profitez de l'obscurité pour déposer le corps de Rosalynn sur la table et quand la lumière revient, Pete Standford tient à la main un couteau qui aurait pu servir au meurtre mais qui n'a aucune trace de sang … et pour cause, vous avez caché l'arme du crime sous la table et c'est Maurice qui la fera tomber en se cachant sous la table et c'est là que le meurtre est parfait puisque c'est ce pauvre Maurice qui sera forcément accusé, pris en flagrant délit de détention de l'arme du crime.

Un long silence ….

Cindy Cartwright : Qui ne dit mot consent, monsieur Abigail !

Jonnathan Abigail *:* La parole est d'or mais le silence est d'argent !

Cindy Cartwright : Autre façon d'avouer, n'est-ce pas ! ?

Jonnathan Abigail *:* Non, juste la crainte du matraquage !

Cindy Cartwright : Vous n'avez rien à répondre à mon analyse de votre assassinat ?

Jonnathan Abigail *:* Je suis encore vivant !

Cindy Cartwright : Ah Ah ! monsieur fait encore de l'esprit … *(sur un signe de tête de Cindy, le policier assène un bon coup de matraque sur le crâne de Jonnathan).*

Jonnathan Abigail *:* Vos méthodes relèvent de la gestapo !

Vlan, un coup d'matraque !

Cindy Cartwright : J'en ai maté de plus coriace que vous monsieur Abigail, vous feriez mieux d'avouer !

Jonnathan Abigail *:* Je veux mon avocat !

Cindy Cartwright : C'est un aveu !

Jonnathan Abigail *:* Vous en discuterez avec mon avocat !

Cindy Cartwright : Policier, reconduisez le coupable en cellule, mais mettez-le au mitard, ça lui apprendra à se payer ma tête !

Le policier emmène Jonnathan, ils disparaissent derrière le décor.

Fin scène III de l'Acte II

FIN ACTE II

Acte III

scène I

*On revient à la galerie pour la reconstitution
....*

*On a mis un mannequin à la place du corps,
les témoins et accusés sont entassés dans un
coin un coin de la scène et l'inspectrice et le
légiste sont proches du mannequin cadavre.*

Sean Lewis : Bonjour madame l'inspectrice
chef.

Cindy Cartwright : Bonjour doc.

Sean Lewis : J'ai fini l'autopsie.

Cindy Cartwright : Très bien, je vous écoute.

Sean Lewis *(semble géné de devoir annoncer
ce qu'il a à dévoiler ...)* : Par où voulez-vous
que je commence ?

Cindy Cartwright (*légèrement déstabilisée*) :
Mais … euh … par le début !

Sean Lewis : Hum ! …. Je vais commencer
par ce qui semble être la cause de la mort de
Rosalynn … ça vous convient ?

Cindy Cartwright *(après un silence
embarrassé)* : Oui, si vous voulez.

Sean Lewis : C'est à vous de décider, moi, je
ne fais que vous informer.

Cindy Cartwright *(soudainement énervée)* :
Merde ! Déballez ce que vous savez et arrêtez
votre procrastination !

Sean Lewis : La cause de la mort est
indéterminée ! *(un silence ... Cindy ne dit
rien, semble étonnée et attendre la suite ...le
légiste reprend son exposé)* le cadavre
présente des lésions causées par un instrument
perforant de type couteau de boucher mais les

blessures infligées ne sont pas la cause réelle du décès car le sujet était déjà mort au moment où il fut lardé ... *(le légiste fait une pause, tout le monde fait* « OH ! », *mais personne ne réagit ... tout le monde attend la suite ...)*
La cause de la mort peut être imputée soit à un empoisonnement par arsenic, soit par une injection létale, une seringue vide introduite et vidée dans la carotide cause une mort par arrêt cardiaque instantané !

Silence, le légiste attend que sa conclusion atteigne le cerveau des témoins.

Janine *(à voix basse)* : mon dieu, qu'elle horreur !

Maurice *(idem à voix basse)* : C'est terrible !

Johnny Vastmullar : Ça casse toutes les théories de la keuf et de son cerbère !

Pete Standford : Elle l'a dans l'os ! Je l'avais bien dit que l'assassin tenait une seringue dans la main !

Rolanda Del Canto : Nous sommes tous innocents !

Le policier *(hurle)* : Vos gueules !

Un silence ....

Cindy Cartwright : En avez-vous terminé, doc ?

Sean Lewis : Je suis très ennuyé, mais …. Le mort présente aussi des traces de strangulations ….

Cindy Cartwright : Et alors ? ….

Sean Lewis : Ben ….. on l'a étranglé !

Cindy Cartwright : Dites donc, il avait un paquet d'ennemis ce mort !!!!

Sean Lewis : Oui, surtout si on prend en compte le fait qu'on l'a noyé !

Cindy Cartwright *(crie limite hystérique)* : QUOI ! ?

Sean Lewis : Les poumons du cadavre sont remplis d'eau salée, on l'a noyé dans la mer !

Cindy Cartwright *(commence à péter les plombs)* : Mais vous êtes médecin ou maître nageur ?

Sean Lewis : Voilà, je m'en doutais, j'en étais certain, moi aussi quand j'ai découvert les incroyables causes possibles du décès de la victime, je me suis dit qu'on mettrait en doute mes conclusions !!! Et pourtant …. Je vous ai prévenue !!!

Cindy Cartwright : Doc, je vous aime bien mais votre rôle, c'est de déterminer les causes exactes de la mort du cadavre …… me trompe-je ?

Sean Lewis : Oui, inspectrice chef, vous avez raison, mais dans ce cas précis, la cause de la mort, comme je vous l'ai dit, est « **in dé ter mi née** » ! C'est rare, exceptionnel, incroyable, invraisemblable …. **In vrai sem bla ble** !!! Mais c'est ainsi …. Je ne peux pas, je ne sais pas … déterminer la cause exacte du décès ! Il est mort de causes multiples simultanément. Autrement dit, il n'y a pas un meurtrier, il y en a plusieurs. A moins que l'assassin ai prévu plusieurs moyens de tuer …

Cindy Cartwright : Vous ne servez donc à rien !

Le policier *(ironique)* : Il pourrait aller nous chercher des cafés ?

Cindy Cartwright : Vous rendez-vous compte des implications que votre incompétence engendre ?

Sean Lewis : Je vais chercher les cafés !

Pete Standford *(et les autres en écho …)* : Moi aussi j'en veux bien un !

Joohnny Vastmullar : sans sucre SVP.

Cindy Cartwright (*hausse très sensiblement la voix ... près de crier*) : C'est terminé, oui !
(au légiste) Et vous …. Restez là !
(Le policier vient lui parler dans le creux de l'oreille
Elle se calme et devient plus autoritaire)
Mesdames et messieurs, les conclusions du Docteur Sean Lewis corroborent mes conclusions …. Je vous en reparlerai car pour le moment, j'ai un rendez-vous qui m'attend ….

Fin scène I de l'Acte III

Acte III

scène II

L'avocat de Jonnathan Abigail attend dans le bureau de Cindy ….

Très rapidement, la discussion tourne à l'interrogatoire et Cindy l'accuse d'être le cerveau de la combine qui consiste à faire un coup médiatique pour faire monter la valeur de cotation des œuvres de Yfig et gagner un max de pognon en vendant ses œuvres, très limitées en nombre !

Cindy Cartwright (*s'assied à son bureau face à l'avocat qui s'est levé. Elle refuse la main qu'il lui tend*) : Inspectrice chef Cindy Cartwright … que me vaut l'honneur ?

Zinédine Badiane : Maître Zinédine Badiane, je suis le représentant de monsieur Jonnathan qui a réussi, malgré de multiples obstacles, à m'informer d'une situation tout à fait illégale de sa détention arbitraire et violente.

Cindy Cartwright (*visiblement irritée*) : Quelles sont ces sornettes ?

Zinédine Badiane : Vous détenez bien monsieur Jonnathan Abigail contre son gré ! ?.

Cindy Cartwright (*visiblement irritée*) : Ce monsieur s'est rendu coupable d'un meurtre, il est en garde à vue préventive parfaitement légale.

Zinédine Badiane : Faux ! vous n'avez pas prévenu son avocat, c'est-à-dire moi-même et vous l'avez frappé pendant des interrogatoires particulièrement musclés.

Cindy Cartwright : Vous colportez des ragots, maître !

Zinédine Badiane : Vous appelez ça des 'ragots' ! ? frapper des prévenus ne serait donc qu'un ragot ! ?

Cindy Cartwright : Avez-vous des témoins de ce que vous colportez ?

Zinédine Badiane : J'en ai.

(Le policier sort sa matraque et se tape dans la main avec ... menaçant ... l'avocat commence à baliser)

Cindy Cartwright : Alors faites-les venir qu'on en discute …

Zinédine Badiane : Vous savez bien que ce n'est pas possible, ils subiraient vos représailles !

Cindy Cartwright : Alors n'en parlons plus ! …. Et à part ça, vous avez quelque chose à déclarer ?

Zinédine Badiane : Je suis venu pour vous dire que vos enfreintes de la loi ne resteront pas impunies et …

Cindy Cartwright : Et c'est tout ?

Zinédine Badiane : … et pour vous informer que vous ne pouvez pas interroger mon client en dehors de ma présence. *(un petit silence)* Où est-il, d'ailleurs, j'aimerais le voir.

Cindy Cartwright : Il est au secret, c'est un assassin dangereux et un psychopathe chef de bande.

Zinédine Badiane : Vous ne pouvez pas faire ça, c'est un abus de pouvoirs que vous n'avez pas.

Cindy Cartwright : Vous insinuez que je ne fais pas mon boulot ?

Zinédine Badiane : Je n'insinue rien, je constate et j'affirme que vous outrepassez vos prérogatives.

Cindy Cartwright : Dites-moi, monsieur Badiane, vous n'auriez pas quelque chose à cacher pour être aussi agressif ?

Zinédine Badiane : Quoi !!! Non mais ça ne va pas, vous n'allez tout de même pas me faire le coup de l'arroseur arrosé ! ?

Cindy Cartwright : Je dis que lorsque j'ai à faire à des excités de votre genre, j'ai tendance à considérer qu'ils ont quelque chose de grave à cacher … où étiez-vous hier vers les 19 heures ?

Zinédine Badiane : Vous vous rendez compte que vous parlez à un avocat ?

Cindy Cartwright : Pour la dernière fois, où étiez-vous ?

Zinédine Badiane : Vous êtes complètement folle !

Cindy Cartwright : Insulte à un représentant de la justice dans l'exercice de ses fonctions ! (elle fait un geste de la tête au policier qui fout un grand coup de matraque sur la tête de l'avocat) !

Zinédine Badiane *(gueule de toutes se forces se lève)* : Aïe ! Je vous interdit de me frapper, je vais porter plainte contre vous, vous aurez des comptes à rendre à la justice …. *(il s'enfuit ... oubliant son suitcase)*.

Cindy Cartwright : En voilà un qui réfléchira à deux fois avant de m'insulter.
Dites, policier, vous ne trouvez pas qu'il a une tête de délinquant ? … Je ne serais pas étonnée qu'il soit complice des autres … *(elle réfléchit ... puis, tiomphante)* … mais c'est bien sûr, mais oui, tout est clair dans mon esprit, c'est lui le chef de la bande, le commanditaire qui reste en retrait et laisse ses sicaires agir pendant qu'il reste tranquille dans son fauteuil à siroter son chouchen avec des olives et du parmesan ! … Tiens ! il a oublié son suitcase …. *(elle le prend et l'ouvre)* … et il est ouvert ! (*Elle en sort un soutient gorge, une grande cuillère en bois, un chinois -passoire*) Mais c'est passionnant, tout ça … *(elle continue son exploration et en sort un grand couteau de cuisine, un fouet – à battre les œufs, une grande fourchette à BBQ, une*

boîte d'allumettes et un porte jarretelles) tout
à fait édifiant !

Zinédine Badiane *(débarque et gueule)* : Mais
qu'est-ce vous faites, vous fouillez dans mes
affaires, vous violez ma vie privée, vous
n'avez donc aucune déontologie !!! ???

Cindy Cartwright (visiblement très amusée) :
Alors cher maître, on se transforme en cordon
bleu à ses heures perdues ?

Zinédine Badiane *(range ses affaires dans son
attaché case très contrarié)* : Ma vie privée
ne vous regarde pas et je n'ai jamais vu un
policier aussi peu respectueux des autres que
vous !

Cindy Cartwright : Vous voulez tâter de la
matraque ?

Zinédine Badiane *(se prépare à s'en aller
mais est bloqué par le policier matraque à la
main)* : Que ... ?

Le policier *(menaçant)* : l'inspectrice chef veut vous causer.

Cindy Cartwright : Vous n'avez toujours pas répondu à ma question !

Zinédine Badiane *(affronte Cindy)* : Pourquoi devrais-je vous répondre ?

Cindy Cartwright : Parce que sinon je vais vous inculper pour meurtre par commandite.

Zinédine Badiane : C'est quoi votre problème *(en même temps il tourne la tête pour vérifier que le policier ne va pas lui balancer un coup de matraque)*.

Cindy Cartwright *(chaque fois que l'avocat s'apprête à interrompre l'inspectrice, le policier le menace de sa matraque ..)* : Comme je m'y attendais, votre refus de répondre est un aveu ! Vous ne répondez pas parce qu'à l'heure du crime vous participiez au meurtre, vous en êtes même vraisemblablement l'instigateur, le commanditaire et le complice. Ce n'est pas anodin si vous vous déguisez en femme fatale pour faire la cuisine, tout comme le cadavre se déguisait lui aussi en femme fatale ! Vous faites partie du même club et vous participiez à un grand concours télévisé pour le prix de la meilleure cuisinière de l'année et vous l'avez tuée pour l'éliminer et comme vous êtes particulièrement retors, vous avez demandé à vos associés de maquiller votre crime en multipliant les causes possibles de l'assassinat ce qui rend impossible la datation et, par voix de conséquence, la chronologie des coups mortels portés au corps du mort.

(solennelle) Policier conduisez l'accusé en cellule. *(le policier attrape l'avocat par le col de son paletot ...)*

Zinédine Badiane *(outré tout en partant il continue ses réprimandes ...)* : Vous ne vous en tirerez pas comme ça, nous nous retrouverons devant les juges et vous serez viré de la police et mise en prison ....

Cindy Cartwright *(restée seule)* : Et voilà comment on résout une énigme apparemment insoluble ... mais rien n'échappe à

l'inspectrice chef Cindy Cartwright, la meilleure flic du pays !
(Elle se rassied et se remet à   rédiger son rapport ..)

Nuit ... les décors disparaissent avant que la lumière ne revienne ...

Fin scène II de l'Acte III

Acte III

scène III

Dénouement

Cindy Cartwright a fait venir tout le monde face à la scène elle leur fait face avec le policier à son côté. La scène est vide à l'exception d'une table couverte d'un drap de couleur sombre sous lequel on devine une masse.

Cindy Cartwright *(très solennel)* : Mesdames et messieurs, je vous ai réunis pour vous faire part de mes analyses, comme je vous l'ai dit à la fin de l'acte 3 scène 1, les résultats des investigations du Docteur Sean Lewis corroborent mes conclusions et donc …. Votre culpabilité !

Mesdames et messieurs, l'heure est venue pour moi de vous dire qui est le premier meurtrier du mort.

Avez-vous remarqué que j'ai toujours formulé mes accusations de la même façon ? J'ai toujours parlé du « tueur du mort » car voyez-vous, j'ai tout de suite vu que le cadavre était déjà mort quand on l'a tué.

Comment je l'ai deviné ?

OH ! très simplement, les blessures occasionnées par le couteau avaient peu saigné.

Il reste cependant un mystère ... qui est l'auteur de la première mort du tué ?

OH ! Ce ne fut pas une mince affaire de mettre un nom sur ce mystérieux tueur ! Mystérieux et très habile, usant de nombreux stratagèmes pour parvenir à ses fins, emmêler les pistes, détourner les preuves, couvrir ses complices tout en les obligeant à lui obéir au doigt et à l'œil ..... *(reprend son souffle épique ... tout en inspectant du regard l'effet produit par sa démonstration ...)*

Seulement voilà ! le meurtrier, aussi habile est-il est tombé sur moi, l'inspectrice chef Cindy Cartwright, meilleure flic du pays et c'est pour cette raison que je vais vous dévoiler son nom ce soir ! ....

Mais avant cela, je veux vous dire que vous êtes absolument tous coupables de complicité

et que vous irez en prison avec lui … ou elle
…. *(petite pause satisfaite)*
Non … il, car le coupable est …. Le policier !

Tous *(stupéfaits)* : OOOOOOHHHHHH !!!!!!

(Le policier ne bouge pas regardant droit devant lui).

Cindy Cartwright *(très solennel)* : J'ai bien remarqué, figurez-vous, l'attitude particulièrement mesquine de notre policier qui exerçait un zèle très louche à mon égard, anticipant chacune de mes volontés, les devançant, même ! Et puis son comportement agressif, sa fougue et son ardeur à vous foutre de grands coups de matraque sur le crâne …. Tout cela a éveillé mes soupçons et j'ai fini par mener ma propre enquête sur lui et c'est comme ça que je me suis rendu compte que vous vous connaissiez tous et que donc c'était lui votre véritable chef, le véritable et premier meurtrier du mort ! *(fait une petite pause très satisfaite d'elle-même ! ...)*

Janine *(profitant d'une pause de Cindy) :* inspectrice chef !

Cindy Cartwright *(très solennel)* : Je n'ai pas fini, ne m'interrompez pas !

Tous *(regardent la table, certains la montre du doigt)* :OOOOOHHHHHH !!!!!!

Cindy Cartwright *(surprise par ce bel ensemble se tourne à son tour pour regarder la table)* : Quoi, qu'est-ce qu'il y a ?

Janine *(mystérieuse et inquiète) :* inspectrice chef , la table, là, sur la table … ça bouge !!!

Cindy Cartwright *(pas très rassurée)* : Quelqu'un devrait aller soulever ce drap … (personne ne bouge …) vous là, l'assassin, oui, vous, le policier … allez'y, allez soulever le drap …

Le policier s'approche de la table … le drap bouge, le policier a un geste de recul, on sens qu'il a peur et qu'il hésite …. Puis, prenant son courage par la barbichette, il tire

*vivement sur le drap qui tombe et Rosalynn se
redresse et s'assied souriante sur le bord de
la table.*

Tous *(joyeux)* :OOOOOHHHHHH !!!!!! il est
pas mort !!!!!! *(puis ils éclatent de rires !)*

Cindy Cartwright *(complètement idiote, la
bouche ouverte reste un moment sans voix
....)* : Mais c'est quoi ce cirque ? À quoi vous
jouez tous, vous vous foutez de moi ?

Tous *(joyeux)* :OOOOOHHHHHH !!!!!!
OUI !!!

*Cindy Cartwright reste abasourdie puis se
recroqueville quand Rosalynn saute de la
table et s'approche d'elle ...*

Rosalynn Carpenter : N'ayez pas peur
inspectrice chef, je ne suis pas un revenant, je
suis juste l'objet de votre bizutage et vraie
femme car c'est une tradition de longue date
dans notre brigade de bizuter les nouveaux en
leur proposant de résoudre un faux meurtre et
de voir comment ils se comportent.

Cindy Cartwright *(sous le coup....)* : Mais ….
Le couteau plein de sang ?

Sean Lewis *(tous sourires)* : du sang de
cochon !

Cindy Cartwright *(toujours sous le coup....)* :
La galerie, les Chamb …

Le policier : Maurice et Janine – de leur vrai
nom Charles et Catherine Leblond, policiers
depuis vingt ans dans la brigade.

Cindy Cartwright : Et vous, le policier ?

Pete Standford : Lui c'est Albert Sinclar,
inspecteur chef principal, votre supérieur.

Cindy Cartwright : Les coups de matraque ?

Le policier *(sort sa matraque et s'en met des
grands coups sur la tête ....)* : Elle est en
mousse !

Cindy Cartwright *(accuse le coup et met un moment à se remettre....)* : Alors … tout ça … c'était bidon ! ?

Le policier *(très amusé et très sarcastique)* : Eh oui ! Et je peux vous dire que vous avez encore bien du chemin à parcourir avant de devenir la meilleure flic du pays !

Tous les comédiens se prennent par la main et dansent une folle farandole autour de Cindy (sur une musique du genre farandole de l'arlésienne de Bizet).

Fin scène III de l'Acte III

FIN

Du même auteur

- **DVDP la Joconde** (polar artistique)
- **Ludmilla** (roman d aventures)
- **Un raout chez les ploutocrates** (pièce de théâtre)
- **Aux ailes bleues du vent** (poésies chansons mirlitons)
- **Métempsychose du bigorneau** (recueil de nouvelles)
- **Mel pot littéraire** (sketches humoristiques)
- **Yfig fait son cinéma** (scenarii de courts et longs métrages)
- **Les aventures extraordinaires de Tata Baluchon** (série télé)
- **Un psy peut en cacher un autre** (pièce de théâtre de boulevard) - SACD
- **Apocalypse nucléaire** (pièce de théâtre comédie dramatique)
- **Le fantôme du château de hurle aux loups** (pièce de théâtre ados)

www.ingramcontent.com/pod-product-compliance
Lightning Source LLC
Chambersburg PA
CBHW020534160726
47992CB00005BA/2385